JUNGLERIES

Texte de **Frédéric Maupomé**
Illustrations de **Stéphane Sénégas**

kaléidoscope

30 juin

Cher journal,

Demain, c'est les vacances !
Après beaucoup d'hésitations, avec les copains,
on a décidé d'aller à la découverte
de la jungle. On va faire de l'exploration,
observer les tigres et les grands singes,
je suis sûr que ça va être super !

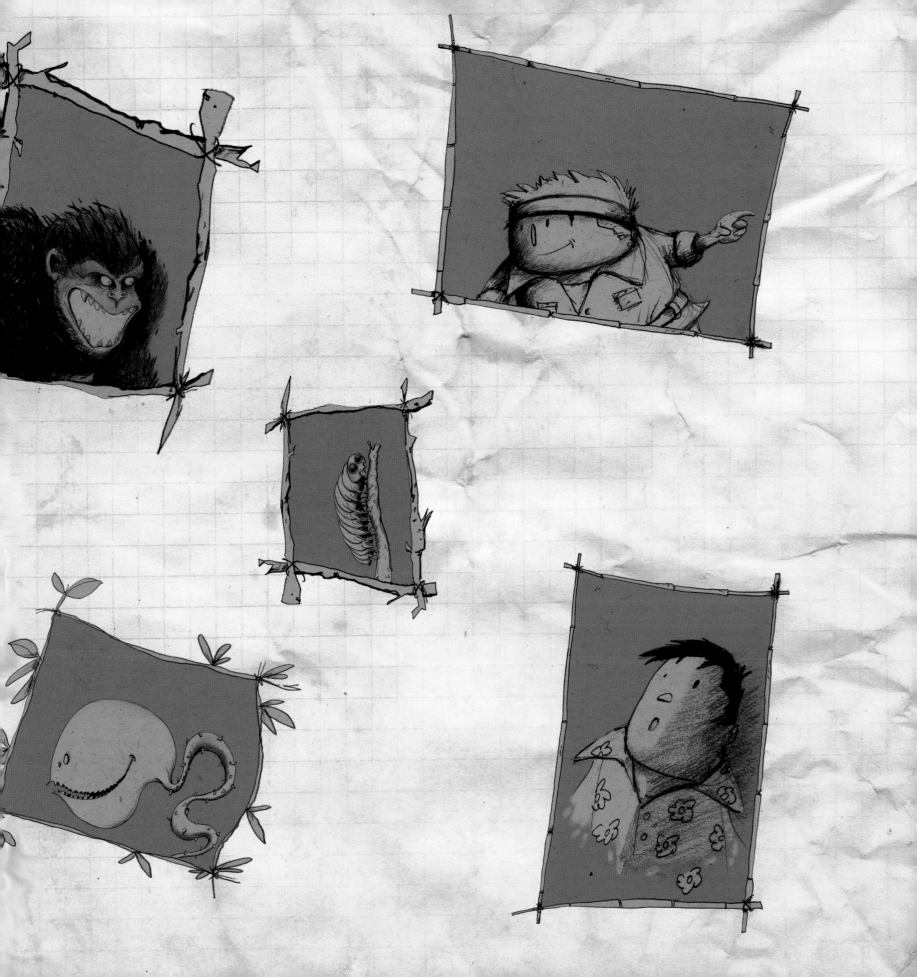

À Raymond et Bernadette, Christian et Martine et Domi.
Merci d'avoir fait de Longuegineste le plus beau des jardins d'enfants !
St.S.
Pour Nicolas, le petit monstre qui a transformé notre appartement en jungle.
F.M.

© Kaléidoscope 2006
Loi n° 49.956 du 16 juillet 1949 sur les publications
destinées à la jeunesse : septembre 2006
Dépôt légal : septembre 2006
Imprimé en Italie

Diffusion l'école des loisirs
www.editions-kaleidoscope.com

1er juillet

Dans le train, j'ai retrouvé Vincent et Lulu. On est tous les trois très excité à l'idée des formidables aventures que nous allons vivre. En plus, il paraît que notre guide est un véritable explorateur !

... une fille ! Il y a une fille avec lui !
Elle s'appelle Laurence, nous dit Jay,
et elle va faire la colo avec nous !
Je suis sûr qu'elle va nous causer des ennuis.
Et voilà ... ça commence déjà !
Elle a choisi la meilleure place dans le minibus,
et au camp elle a pris la plus grande chambre
pour elle toute seule.
Et quand Lulu lui a proposé de changer
avec nous, elle lui a refermé la porte sur le nez !
Elle est folle, cette fille !

2 juillet

Pour nous préparer à la découverte de la jungle,
Jay nous a donné quelques conseils
que nous allons suivre scrupuleusement :
porter des gants quand on caresse une plante carnivore ;

se méfier de tout ce qui
a plus de deux pattes ;

et ne jamais brosser les dents
d'un tigre même s'il
le demande poliment.

Évidemment, Laurence a fait
la maligne parce qu'elle avait
tout lu dans son livre.
C'est bien un truc de fille ça
d'emporter un livre
dans la jungle...

Il a passé la journée à nous parler
des arbres et des herbes, et des fleurs...
rffffff... c'est nul ! Ce qu'on veut voir,
c'est les tigres, les créatures féroces !
Évidemment, Laurence a continué
à faire l'intéressante avec son bouquin.
Et quand Lulu a voulu lui piquer,
elle lui a refermé sur le nez !
Mais qu'est-ce qu'il lui a fait le nez
de Lulu ?

12 juillet

Il est nul cet animateur ! Depuis qu'on est arrivé,
il passe son temps à nous montrer des plantes,
et quand on lui a dit que ce qui nous intéressait
c'était les animaux, il nous a montré des oiseaux
et des papillons !
On n'a quand même pas fait ce voyage pour voir
des papillons ! Il y en a plein chez nous !

Même Laurence en a marre,

elle a dit à Jay qu'il n'était pas un vrai explorateur,
qu'il était un froussard qui avait peur des animaux sauvages.

En tout cas, c'est décidé, demain,
avec les garçons, on part en exploration,
tout seuls !

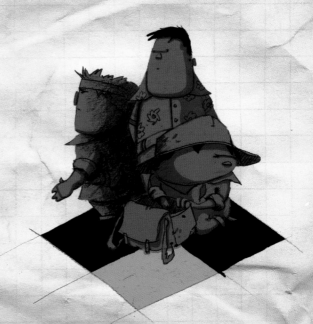

13 juillet

Avant que le soleil se lève, Lulu, Vincent et moi avons fait
nos sacs pour partir à l'aventure.
On est passé discrètement devant la chambre de Jérôme
pendant qu'il dormait, on a fait une grosse provision
de tartines et hop ! Direction la jungle.

Le problème c'est que Laurence nous attendait
dehors, décidée à nous suivre.
Lulu, en protégeant son nez, s'indigna :
"Une fille peut pas venir avec nous."
"Les filles, ça a peur de tout et ça pleure
tout le temps", ajouta Vincent.
"Et les filles, ça peut pas aller dans la jungle",
terminai-je.
Ma réponse fut interrompue par un cri de douleur
de Vincent. Laurence venait de lui sauter
sur le pied !
"Alors c'est qui, qui pleure tout le temps ?
ricana-t-elle. De toute façon, sans moi
vous ne ferez que des bêtises... Bon, on y va ?"

On n'avait pas le choix, on est parti
tous ensemble.

L'avantage quand on explore avec Lulu, c'est que c'est lui qui découvre en premier tous les pièges de la jungle : les trous d'eau,

les toiles d'araignée,

les lianes...

Cet après-midi, on a vu des singes. C'était super ! Enfin, jusqu'au moment où Vincent a décidé de leur parler. Il a commencé à sauter partout en agitant les bras et en faisant **"HONK HONK HONK !"** Je sais pas ce qu'il leur a dit aux singes, mais ça leur a pas plu du tout.

Cher journal,

On s'apprête à passer notre première nuit dans la jungle.
Laurence a eu la drôle d'idée de s'installer dans un arbre,
un truc qu'elle a lu dans son livre. Nous, on lui a dit
que son livre racontait que des âneries.
En mangeant les tartines, on a commencé à se raconter
des histoires de serpents et de tigres mangeurs d'hommes.
Heureusement qu'on n'est pas des trouillards, parce que
sinon, tout seuls dans la jungle comme ça, on aurait pu
avoir peur !

14 juillet

Pouah ! Quand on s'est réveillé, on était couverts de fourmis qui nous piquaient de partout ! Laurence s'est bien moquée de nous en disant qu'elle nous avait prévenus.

On a rigolé aussi finalement, parce que c'est vrai qu'on était marrants à se tortiller de partout !
Un rugissement terrible nous a stoppés net.

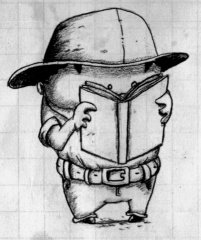

Un tigre.
À côté.
Tout d'un coup, on avait drôlement
moins envie de le voir.
Laurence a proposé qu'on s'en aille doucement,
sans faire de bruit.
Nous, on aurait bien voulu rester, mais bon,
comme elle avait peur, on a accepté de l'escorter.

On a tellement couru qu'on s'est un tout petit peu perdu.
Et soudain la jungle avait l'air beaucoup moins accueillante...
On a demandé à Laurence de regarder dans son livre
ce qu'il fallait faire. Évidemment, elle a un peu râlé,
parce qu'on s'était moqué d'elle depuis le début,
mais comme elle non plus, elle n'en menait pas large,
elle a accepté.

"Écoutez bien attentivement si vous entendez un bruit connu",
disait le livre.

TUT TUUUUUT !

"Et là, c'est pas un klaxon ?" ai-je demandé.
"Non, c'est Vincent qui se mouche", a dit Laurence
en pouffant de rire. Sacrée Laurence,
elle est rigolote quand même !
C'était bien Jérôme dans son minibus,
qui nous cherchait. Il était tellement
soulagé de nous retrouver
qu'il ne nous a même pas grondés.

Sur le trajet du retour, on lui a tout raconté.

15 juillet

Aujourd'hui, la colo se finit. Avant de partir,
on a invité Laurence dans notre chambre.
"Laurence, ai-je commencé, même si t'es une fille,
on a décidé que tu pouvais quand même être
des nôtres."
"Et tu peux nous demander ce que tu veux."
"Sauf qu'on te fera pas de bises."
"Ça me fait bien plaisir ! elle a répondu.
Mais de toute façon, de vos bises, j'en veux pas !"
Comme si on n'était pas assez biens pour elle !

Franchement, les filles, je les comprendrai jamais !

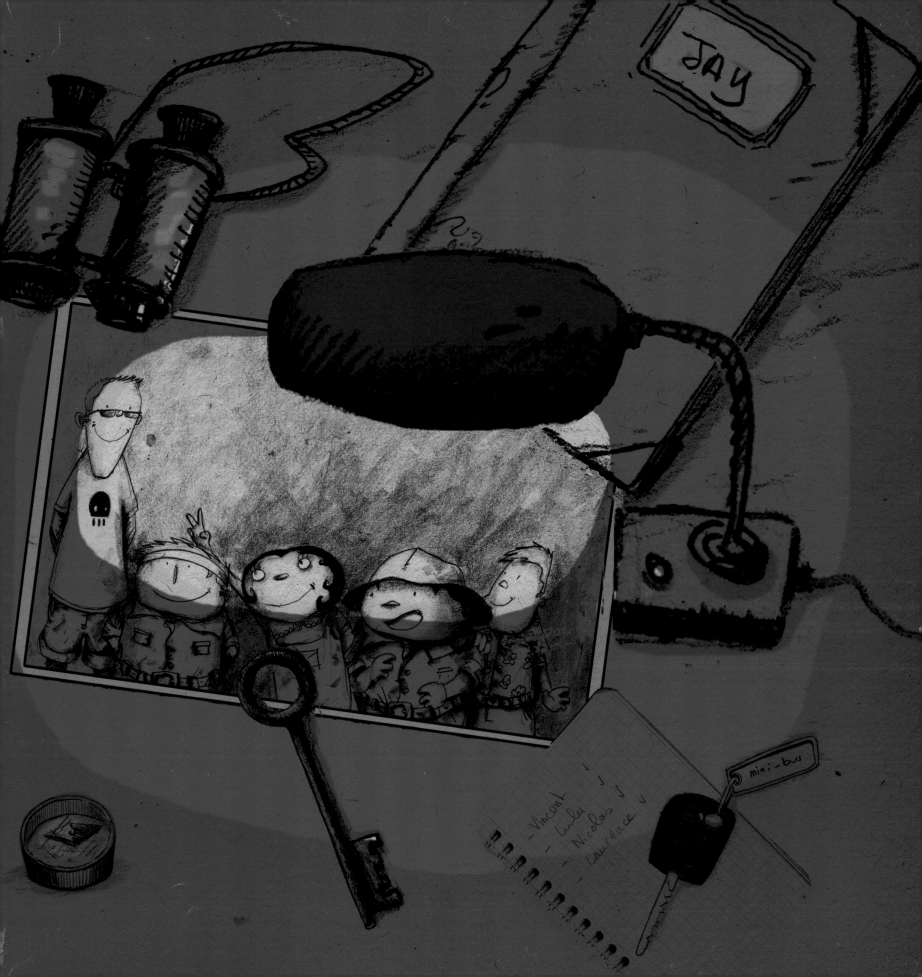